GUÍA DE LECTURA

Escrita por Claire Cornillon
Traducida por Laura Soler Pinson

Fedra

de Jean Racine

JEAN RACINE

DRAMATURGO FRANCÉS

- **Nacido en 1639 en La Ferté-Milon (Francia)**
- **Fallecido en 1699 en París (Francia)**
- **Algunas de sus obras:**
  - *Andrómaca* (1667), tragedia
  - *Británico* (1669), tragedia
  - *Berenice* (1670), tragedia

Jean Racine (1639-1699) es la figura principal de la tragedia clásica en el siglo XVII, como Molière (1622-1673) lo es de la comedia. Tras recibir una educación avanzada en la abadía de Port-Royal, se instala en París, donde a partir de 1663 entra en la corte de Luis XIV y lleva a cabo una brillante carrera como dramaturgo. Se le conoce principalmente por las once tragedias que escribe. En ellas, usa un lenguaje austero y poético, y se inspira en la mitología griega (*Andrómaca*), en la historia romana (*Británico*) y en la historia cristiana (*Atalía*), además de explorar las pasiones humanas.

FEDRA

UNA REESCRITURA DEL MITO ANTIGUO

- **Género:** obra de teatro (tragedia)
- **Edición de referencia:** Racine, Jean. 1999. *Fedra*. Buenos Aires: El Aleph. E-book en PDF
- **Primera edición:** 1677
- **Temáticas:** pasión, suicidio, orden, transgresión

Fedra, una de las obras más famosas de Racine, es representada por primera vez en 1677. Esta tragedia compuesta por cinco actos y escrita en verso nos presenta el amor incestuoso de su personaje epónimo, Fedra, por el hijo de su marido, Hipólito. Este personaje femenino de la mitología griega es una heroína trágica, puesto que está dominada por las pasiones culpables y a través de ellas causa la desgracia de aquellos que la rodean, en particular de Hipólito. Al final, Fedra termina por quitarse la vida.

RESUMEN

ACTO I

La escena se sitúa en Trecene, una ciudad del Peloponeso. Nadie sabe si Teseo, rey de Atenas, está todavía vivo. Hipólito, su hijo, decide partir en su búsqueda. Además, como la mujer de Teseo, Fedra, parece odiarlo, quiere irse de la ciudad. «[...] Todo cambió de rostro desde que los Dioses enviaron a estas playas a la hija de Minos y de Pasifae» (Racine 1999, 6), le dice a Terámenes, su ayo, acerca de Fedra. Hipólito ama a Aricia, la hermana de los enemigos de Teseo: «Mi padre la repudia, y por leyes severas prohibe [sic] dar sobrinos a sus hermanos», dice (Racine 1999, 8).

Fedra está moribunda. Enona, su nodriza y confidente, se pregunta cuál es la enfermedad que la tiene así, y Fedra le confiesa que alberga un amor incestuoso hacia Hipólito, el hijo de su marido. «(...) lo conocí, me sonrojé, palidecí al mirarlo; la turbación se apoderó de mi alma extraviada», le dice (Racine 1999, 18).

Llegan noticias de que Teseo ha muerto, y Enona aconseja a Fedra que siga a su corazón, puesto que ahora ya es viuda: «Vivid, ya no tenéis que haceros reproche alguno: vuestro amor se convierte en una pasión común» (Racine 1999, 23).

ACTO II

Hipólito avisa a Aricia de que es libre y le confiesa que la ama. Fedra quiere hablar con Hipólito y termina por confesarle su amor: «Amo. Pero no creas que mientras te amo me siento delante de mí misma inocente» (Racine 1999, 42). Parecía odiarlo, pero era precisamente porque estaba enamorada: «Poco me fue el huirte, cruel, llegué a desterrarte, quise parecerte odiosa, inhumana; para mejor resistirte me busqué tu odio» (Racine 1999, 42-43).

Terámenes anuncia a Hipólito que, de ahí en adelante, el hijo de Fedra es rey. Pero los rumores apuntan a que Teseo está vivo. Hipólito quiere averiguar más datos.

ACTO III

Enona anuncia a Fedra que Teseo está vivo, y le aconseja que acuse a Hipólito de amarla para contrarrestar de antemano un posible ataque de este contra ella: «[…] Osad acusarle, la primera, del crimen con que hoy puede agobiaros» (Racine 1999, 54).

Teseo vuelve. Hipólito quiere irse de Trecene para demostrar su valor.

ACTO IV

Enona le revela a Teseo el amor que Hipólito supuestamente alberga por Fedra. Teseo, enfurecido, invoca a Neptuno y le pide que castigue a su hijo: «Hoy te imploro. Ven a un padre desgraciado. Abandono este traidor a tu íntegra cólera» (Racine 1999, 66). Hipólito se defiende confesando que ama a Aricia, pero su padre no lo cree.

Fedra llega para defender a Hipólito; en ese momento, Teseo

le informa de que su hijo dice estar enamorado de Aricia.

«¡Ah, Dioses! Cuando el ingrato se armaba inexorablemente contra mis anhelos de tan fieras miradas, de aspecto tan temible, pensé que su corazón, siempre cerrado al amor, estaba igualmente armado contra todo mi sexo», exclama Fedra (Racine 1999, 75). Esta carga su furia contra Enona, a la que acusa de haberle dado malos consejos cuando le sugirió que acusara a Hipólito.

ACTO V

Aricia le pide a Hipólito que le diga la verdad a su padre acerca de los sentimientos que Fedra tiene hacia él, pero él se niega: «Haciéndole un relato demasiado sincero ¿debía cubrir con indigno rubor la frente de un padre?» (Racine 1999, 83). Hipólito le pide que se vaya con él, pero como no están casados, ella teme por su honor. Entonces, él le propone matrimonio y Aricia acepta.

Aricia le dice a Teseo que acusa injustamente a su hijo, pero no le confiesa la verdad sobre Fedra. Teseo empieza a dudar. Le anuncian que Enona se ha suicidado, y que Fedra quiere morir. Entonces, entiende que quizás se haya equivocado: «Neptuno, no apresures tus funestos favores; prefiero no ser escuchado nunca. Tal vez creí demasiado pronto a testigos poco veraces, y demasiado pronto levanté hacia ti mis manos crueles» (Racine 1999, 92).

Terámenes llega para anunciarle la muerte de Hipólito, asesinado por un monstruo marino. Fedra, que ha ingerido veneno, le confiesa la verdad a Teseo antes de morir y, a continuación, fallece.

ESTUDIO DE LOS PERSONAJES

FEDRA

Fedra es la hija de Minos y de Pasífae, esta última famosa por haber dado a luz al minotauro, un monstruo mitad hombre, mitad toro. En efecto, Minos ofendió a Poseidón, el dios griego de las aguas y este, para vengarse, hizo que Pasífae se enamorase de un toro. Así, la familia de Fedra está marcada por un destino funesto y trágico.

Fedra se casa con Teseo, rey de Atenas, pero se enamora del hijo de este, Hipólito. A través de esta transgresión, desencadena el proceso trágico que solo puede conducir a una salida, que es la muerte. A esta primera transgresión se viene a añadir una segunda, puesto que para tapar su falta, hace que acusen a Hipólito, y esto causa la muerte del joven. La falta trágica provoca así otra falta en un círculo infernal.

Es el personaje epónimo y la figura que domina la obra. Según Hipólito, es cruel. Sin embargo, su actitud esconde el profundo amor que siente por el joven. Es una mujer con sentimientos exacerbados, dominados por las pasiones: ama con un amor culpable al hijo de su marido, pero también desata su furia hacia su confidente Enona, lo que causa el suicidio de esta última. Además, también está celosa de Aricia y del amor que Hipólito siente por esta.

Desde el principio, su estado físico es la viva imagen de su dolor moral, y podríamos decir que la obra constituye su agonía hasta su envenenamiento final. Se va marchitando, corroída por el secreto y por una culpa que primero está provocada por su amor y, después, por la desgracia que este causa a continuación. «Se muere en mis brazos, de un mal que me oculta», dice Enona ya en la segunda escena (Racine 1999, 11). Y cuando entra en escena, se define de una manera patética: «¡Cómo me pesan estos velos, estos vanos adornos! ¿Qué mano importuna, entrelazando todos estos nudos, se tomó el trabajo de reunir los cabellos sobre mi frente? Todo me aflige y me molesta, todo se conjura en dañarme» (Racine 1999, 12). Al no poder soportar más la situación, termina por confesar su mentira antes de quitarse la vida en la última escena.

HIPÓLITO Y ARICIA

Hipólito es el hijo de Teseo. Sus cualidades son elogiadas por el resto de personajes. Es un hombre de honor. Su valor se recalca en varias ocasiones, sobre todo cuando Terámenes relata su muerte, lo que le convierte en un héroe de guerra. Y es que no duda en enfrentarse al monstruo cuando todos huían ante la amenaza: «Todo huye; sin armarnos de inútil valor, buscamos refugio en el cercano templo. Sólo Hipólito, digno hijo de un héroe, detiene sus caballos, toma la jabalina» (Racine 1999, 94-95).

Prefiere que se le acuse injustamente antes que ver a su padre sufrir por la revelación de la pasión incestuosa de su mujer. Así, junto con Aricia, representa a la virtud. La joven, por cierto, solo acepta la propuesta de Hipólito para fugarse juntos si se casan. Frente a los personajes de Fedra, Enona y Teseo, todos culpables en cierta manera, estos dos son víctimas inocentes de acontecimientos trágicos. Así, Terámenes dice: «He visto perecer al más amable de los mortales, y también, señor, me atrevo a decíroslo, al menos culpable» (Racine 1999, 93).

ENONA

Enona es un personaje central de la obra, puesto que logra obtener la primera confesión de Fedra y, a continuación, es quien la aconseja. Cuando se cree que Teseo ha muerto, le sugiere que dé rienda suelta a su amor y, cuando su esposo vuelve, la anima a acusar a Hipólito. Por lo tanto, es quien empuja un poco más a Fedra por la vía del crimen, de la transgresión y de la traición.

A pesar de ello, es la confidente de Fedra, y solo actúa en el interés de esta última. Le es particularmente fiel. Por ello, cuando Fedra la rechaza y le imputa la responsabilidad de los acontecimientos, que sin embargo era compartida, Enona se tira al mar para acabar con su vida: «Expulsada ignominiosamente de su presencia, Enona se ha lanzado al profundo mar» (Racine 1999, 91).

TESEO

Teseo es el rey de Atenas, el marido de Fedra y el padre de Hipólito, un hijo que ha concebido con Antíope, la reina de las amazonas. Es una figura de autoridad, que encarna la ley, y busca conocer la verdad y castigar a los culpables.

Al inicio de la obra, se cree que está muerto, pero en realidad está vivo. Llega en pleno drama, y no dispone de los elementos para entenderlo. No sabe del amor de Fedra por Hipólito, ni del amor de este por Aricia. Todos los protagonistas le mienten o le esconden la verdad. Por eso, intenta descubrir qué se trama.

Pero Teseo se equivoca al dar su confianza a Fedra y a Enona: piensa que su hijo es culpable de un crimen del que es inocente. Así, Teseo es en la obra a la vez víctima y culpable, tal y como sucede con Fedra. Pierde a su hijo porque precipita su decisión y pide a Neptuno que lo castigue. Al final de la obra, exclama: «Vamos a abrazar lo que queda de ese hijo amado, a expiar la furia de un voto que detesto» (Racine 1999, 100).

CLAVES DE LECTURA

UNA TRAGEDIA CLÁSICA

En *Fedra*, Racine respeta rigurosamente las reglas de la tragedia clásica. La tragedia se basa primero en la unidad de acción: toda la obra está centrada en la pasión del personaje epónimo. Cada acto es un momento preciso de su camino hacia la muerte: la confesión de la pasión, la confesión pública, la denuncia del amor incestuoso, las consecuencias de este amor y, finalmente, la muerte como castigo inevitable. Además, la obra se desarrolla en un solo día y en un único lugar (Trecene, ciudad del Peloponeso), por lo que respeta las reglas de unidad de tiempo y de lugar.

A pesar de la existencia de requisitos, estos se ponen al servicio de una mayor eficacia dramática. Observamos esto, por ejemplo, en el relato de Terámenes: un largo monólogo que cuenta la trágica muerte de Hipólito, uno de los pasajes de valentía más bellos de la obra. No solo el hecho de que se trate de un relato permite mantener la unidad de lugar y respetar la regla de decencia que prohíbe representar una muerte tan violenta en el escenario —sin contar, por supuesto, las dificultades de representación— sino que, sobre todo, el relato permite ensalzar el momento a través del discurso. Racine no enseña, sino que cuenta. Y esta economía de medios dramáticos produce al final efectos más importantes. El lenguaje enaltece la muerte heroica del joven y el hallazgo patético que hace Aricia del cuerpo de su amado. La acción no se dispersa, sino que a través del lenguaje, se concentra. Este rigor convierte también a Racine en el representante por excelencia de la tragedia clásica.

LA CONFESIÓN

La construcción dramática de la obra se basa en la palabra. Y la elegancia y la eficacia del verso de Racine recalcan todavía más la imposición de la palabra. El amor está en el centro de la obra, pero lo que está en juego es la confesión. Así, todo el relato no es más que un paseo hacia la confesión y hacia el descubrimiento progresivo de toda la verdad:

- en primer lugar, es la confesión del amor la que debe hacerse. Hipólito confiesa a Terámenes su amor por Aricia, y Fedra revela a Enona su amor por Hipólito. El papel de los confidentes es esencial. Están ahí para permitir la palabra, para crear un espacio íntimo en el que uno pueda confesarse: «Hablad, os escucho», insiste Enona (Racine 1999, 17);
- en segundo lugar, la confesión pública se convierte en el objetivo. Fedra confiesa su pasión a Hipólito y este último acaba por indicar a su padre que ama a Aricia;
- en tercer lugar, el juego de la palabra se centra en Teseo, nuevo actor del drama que debe descubrir de manera progresiva qué sucede. La confesión se transforma entonces en una mentira y la verdad se queda fuera del alcance de Teseo;
- al final de la obra, Teseo se entera de la verdad, es decir, del amor de Fedra por Hipólito. Pero ya es demasiado tarde, y la mentira ha provocado un drama irreversible.

Así, la acción no progresa tanto por los actos sino por las

palabras. Se trata de decir o de no decir. ¿Hay que confesar la verdad y correr el riesgo de provocar la desgracia de otros (para Fedra: revelar su crimen; para Hipólito: causar dolor a su padre) o se deben conservar los secretos, con la posibilidad de que la ignorancia cause unas desgracias igual de importantes?

EL ORDEN Y LA TRANSGRESIÓN

Teseo representa el orden. Es precisamente durante su ausencia cuando se crea el drama. El orden es el de los hombres, el orden político en particular, pero también es el orden de los dioses. Neptuno, el dios romano de las aguas, responde a los deseos de Teseo: «Hoy te imploro. Ven a un padre desgraciado. Abandono este traidor a tu íntegra cólera» (Racine 1999, 66).

El orden se ve perturbado por una doble transgresión. La primera transgresión es el propio crimen, es decir, el amor incestuoso de Fedra, que es la transgresión misma, puesto que pone en jaque la estructura primaria de la sociedad, la familia. La segunda es la mentira: Teseo quiere restablecer la justicia y el orden en el mundo, pero solo consigue alterarlo todavía más. No conoce el auténtico crimen, por lo que acusa y castiga a un inocente, y para ello se ayuda de los dioses. En este sentido, podemos hablar de fatalidad. Lo trágico es irresoluble, no tiene salida. Teseo hace lo que cree que es correcto, pero comete un error. Acusa con demasiada rapidez sin pruebas, así que, al igual que Fedra, podemos decir que está sometido a sus pasiones y sufre irremediablemente las consecuencias.

Racine recibe una educación jansenista. Para los jansenistas, el hombre está tocado o no por la gracia divina, y si no está tocado por la gracia, sus acciones no podrán salvarle o apartarle de su destino. Esta ideología se plasma en el teatro de Racine, que saca a escena a personajes que no logran escapar a su sino. En este contexto, la única manera de redimir de alguna manera la transgresión, de restaurar el orden en el mundo, es la muerte. Por eso, Fedra y Enona se quitan la vida. La muerte es la única salida tras el deshonor supremo.

LAS PASIONES

Al contrario de lo que ocurre con Teseo, que representa el orden, Fedra encarna el desorden. Es un personaje corroído por las pasiones. En ella se oponen amor y razón. No ha elegido sentir un amor incestuoso; este amor se ha apoderado de ella repentinamente. Ese es el significado del comentario que le hace a Enona: «Lo conocí, me sonrojé, palidecí al mirarlo; la turbación se apoderó de mi alma extraviada» (Racine 1999, 18). Etimológicamente, la pasión es aquello que padecemos. Y de esta manera es como se presenta el amor en el discurso de Fedra: «Sentí arder y helarse todo mi cuerpo» (Racine 1999, 18). Fedra ya no es un sujeto que actúa, sino un objeto dominado por su pasión. El cuerpo reacciona, pero no el alma: el cuerpo es la sede de la pasión y el alma, la sede de la razón. Así, la razón se desvanece aplastada por la fuerza de la pasión; Fedra sufre esta reacción del cuerpo. Es lo que Racine explica en su prólogo:

> «En efecto, Fedra no es ni totalmente culpable, ni totalmente inocente. Está empeñada, por su destino y por la cólera de los Dioses, en una pasión ilegítima de la cual es

la primera en horrorizarse. Se esfuerza cuanto puede para superarla. Prefiere morir a declarársela a nadie. Y cuando la obligan a descubrirla, habla de ella con una turbación que muestra a no dudarlo que su crimen es más bien un castigo de los Dioses que un acto de su voluntad» (Racine 1972, 19).

El amor es incontrolable y, sobre todo, se convierte en obsesivo. Todo su ser se ve sometido a este amor. Pero se trata de un amor culpable. Así, el deterioro físico de Fedra es la viva imagen de su psicología: obsesionada por este amor prohibido, ya no es más que una sombra de lo que era.

Fedra, que debería controlarse, deja escapar una confesión terrible hasta en dos ocasiones, como si el peso de su secreto fuera tal que no pudiese soportarlo. Al actuar así, causa su propia desgracia, puesto que sabe que su amor no puede ser recíproco. Al ceder a sus pasiones, en contra de su razón, todos sus sentimientos acaban por desencadenarse, desde los celos a la ira, y en su furia, se lo lleva todo por delante.

PISTAS PARA LA REFLEXIÓN

ALGUNAS PREGUNTAS PARA PROFUNDIZAR EN SU REFLEXIÓN...

- ¿Cómo presenta Hipólito a Fedra al principio de la obra? ¿Qué sucede luego, cuando ella sale a escena?
- La obra es una concatenación de confesiones. Establezca una lista e indique cómo evoluciona la trama.
- ¿Por qué Hipólito y Aricia representan la virtud en esta obra?
- ¿Cuál es el papel de Terámenes y de Enona en la trama?
- ¿Por qué Fedra es una heroína trágica?
- ¿Qué imagen de Hipólito da Terámenes cuando narra las circunstancias de su muerte?
- ¿Cuáles son las figuras de la fatalidad en la obra?
- La obra propone dos facetas del amor. ¿Cuáles son? ¿Qué personaje(s) las encarna(n)?
- ¿Cuál es, en su opinión, el secreto del éxito tanto pasado como presente de *Fedra*?

PARA IR MÁS ALLÁ

EDICIÓN DE REFERENCIA

- Racine, Jean. 1999. *Fedra*. Buenos Aires: El Aleph. E-book en PDF.

FUENTES COMPLEMENTARIAS

- Racine, Jean. 1972. *Prefacio de Fedra*. Buenos Aires: Sudamericana.

EN RESUMENEXPRESS.COM

- Guía de lectura de *Andrómaca* de Jean Racine.
- Guía de lectura de *Berenice* de Jean Racine.
- Guía de lectura de *Ifigenia* de Jean Racine.